Christophe Lambert

Le Lac Des Damnés

Christophe Lambert

Le Lac Des Damnés

Éditions Muse

Imprint

Cover image: Fourni par l'auteur

Publisher:
Éditions Muse
is a trademark of
Dodo Books Indian Ocean Ltd., member of the OmniScriptum S.R.L Publishing group
str. A.Russo 15, of. 61, Chisinau-2068, Republic of Moldova Europe
Printed at: see last page
ISBN: 978-620-3-86544-8

Christophe Lambert

LE LAC DES DAMNES

Christophe Lambert
LE LAC DES DAMNES

PREAMBULE

Les sciences, les lettres modernes, les langues anciennes, l'histoire, la philosophie… peut-on être passionné par autant de sujets divers ?
Une fois mort qu'elle aura été l'intérêt de nos découvertes ou de nos recherches ? Aura-t-on apporté notre pierre à l'édifice ?

L'intelligence est-elle un fardeau et l'ignorance un cadeau ?
Quand bien même serait-ce le cas, je préfère être intelligent qu'ignare mais me passerait sans peine des turpitudes qui m'assaillent, mais ne sont-ce point-là se qui définit mon intelligence ? Sans elles, qui serais-je ?

Je lis pour comprendre le passé, respire pour m'imprégner du présent et regarde le ciel pour m'imaginer l'avenir. Je ne veux pas que tout cela s'arrête, pourtant, je perds déjà tellement de temps à me noyer dans la tristesse.

Je divague au grès de mes larmes, je m'égare au fil de mes pensées. Je ne veux pas que l'on m'abandonne, je ne veux pas perde ceux qui me sont chères. Je veux laisser une trace de moi sur terre, me dire que tout cela n'est pas vain, mais n'est-il déjà point trop tard ? J'ai 34 ans et n'ai rien accompli, Christopher Marlowe est mort à 29 ans et l'on se souvient encore de lui 5 siècles plus tard.

Balavoine voulait être un artiste, j'aimerais être un érudit, mais je fuis fasse à l'ampleur de la tache abandonnant avant même d'‘essayer… Tellement de choses me passionnent mais je reste figé.

Et si finalement tout cela n'était que dans ma tête, conformé par l'éducation, qui nous laisse croire que sans études il n'y a pas d'avenir, dès lors si l'on subit l'échec sommes-nous vouez à y rester ? Sans se conformisme, que l'on et 10 ans ou 100 ans n'a plus d'importance et alors reste seulement notre volonté, notre acharnement et notre patience.

Suis-je égoïste ou altruiste ? J'aime offrir sans compter car cela me fait plaisir mais aussi car on s'intéresse à moi ! J'aime sans faille mais m'aime-t-on en retour ? Pourquoi le besoin d'être apprécié, d'être aimé est-il si important est-ce uniquement une preuve de mon existence ou de l'égocentrisme ?

Christophe Lambert
LE LAC DES DAMNES

Je dédicace cette nouvelle à ceux qui m'ont toujours soutenu,
À mes parents et à mon fils, sans qui je ne serais rien,
Et surtout à mon frère parti bien trop tôt !

Christophe Lambert

LE LAC DES DAMNES

À toi que j'ai aimé sans jamais mot dire

Je l'ai pris pour acquis et ne l'ai jamais dit,
Tu croyais en moi, tu prenais mon parti,
Mais jamais je n'ai dit merci.

Tu m'as appris à jouer aux échecs, le sens des mots et la répartie,
De tes fantastiques histoires, mon imaginaire tu as nouri,
Je t'ai pris pour acquis, c'était naturel,
Pour moi c'était notre lien fraternelle.

Je me suis éloigné, je me suis emmuré,
Me berçant d'illusion, me disant que tout était normal,
Le chagrin me submergeai, je t'ai abandonné,
Quel piètre frère je fais,
Je ne me souviens même plus des derniers mots que je t'ai
prononcé.

La brise souffle, l'automne arrive,
Les feuilles s'envolent, enportants mes souvenirs,
Je ne veux pas, je refuse de lacher prise,
Je m'accroche aux feuilles dans un futile espoir,
Qu'un jour peut-être, je puisse enfin te revoir,

Si la chance m'en est donné, je te dirais enfin merci,
Merci d'avoir cru en moi quand j'en étais incapable,
D'avoir perçu en moi les choses dont j'étais capable,

Je t'ai pris pour acquis et ne te l'ai jamais dit,
Je veux te rendre fier,
Alors laisse moi la chance dans une autre vie,
D'être à nouveau ton petit frère,
Pour enfin pouvoir te dire

À quel point je t'aime !

LES LARMES DU LAC

1ER PSAUME

Prologue

C'était par une nuit de Novembre que tout avait commencé, les corbeaux croissaient et le brouillard c'était abattu sur le petit village de Chalpôt.
Non loin de là se trouvait un jeune homme blond avec des lunettes, il semblait regarder son reflet dans l'eau du lac, quand l'église se mit à sonner trois coups, le reflet sembla disparaître.

Le lendemain matin, alors que le village était encore endormi, une voiture passa à vive allure, elle parcourue quelques kilomètres avant de se garer sur un petit parking délabré.
En face se trouvait un magnifique aqueduc romain, la jeune femme qui était au volant, coupa le moteur et fixa son attention sur l'aqueduc, bien qu'imperceptible de prime à bord, une main apparemment d'homme, parcourait les pierres de l'aqueduc, puis la main disparue soudainement. La jeune femme regarda autour d'elle mais ne vit personne.
Elle posa la tête sur le volant et s'endormie.

Les cloches de l'église la réveillèrent en sursaut, elle ajusta ses lunettes et regarda son rétroviseur intérieur.
Elle caressa ses jolis cheveux noirs, ferma les yeux et respira un grand coup.

Non loin de là, au bord du lac, le jeune homme blond aux lunettes regardait son reflet dans l'eau du lac, il ferma les yeux, des voix indistinctes semblaient provenir du lac, tout devînt noir.

« Tu nous appartiens... »

1er Verset : 3ème larme !

Nous nous réveillâmes difficilement, après de longues minutes et nous levâmes enfin, on pouvait voir face à nous une télévision et une table basse avec un téléphone, une main qui semblait difforme se tendit vers celui-ci et regarda l'heure. Nous nous précipitâmes sur la porte, notre main attrapant la poignée, la porte s'ouvrit, nous sortîmes et refermâmes vite derrière nous, dévalant les escaliers quatre à quatre et ouvrant la grande porte bleue qui se trouvait devant nous, de l'autre côté le soleil nous éblouîmes.

2ème Verset : 2ème larme !

Elle regardait la lumière blanche du plafond puis se mit à fixer l'accoudoir gauche du fauteuil sur lequel elle était assise, elle le caressait presque machinalement avec sa main, comme si elle essayait de deviner la texture à travers son gant. Un homme lui parlait :

- Vous refusez toujours d'enlever vos gants ? Ça fait combien d'année maintenant ? Deux ans non ?

Elle leva la tête et regarda le Psy placidement, il était grand, brun avec des lunettes sur le bout du nez, il avait un regard navré.

- Vous faites toujours des rêves étranges ?

Le psy perçut un léger signe de tête approbateur.

- Vous ne voulez toujours pas en parler ?

Elle sembla réfléchir, regarda le Psy puis baissa la tête vers ses mains entrelacée toute deux pourvues de gants noirs. Une voix apparemment féminine se fît alors entendre.

- Ces mains ne sont pas les miennes... Dit-elle, la voix chevrotante.

Le Psy la regardait sans vraiment être surprit.

- Peut-être que si vous enleviez vos gants, vous vous rendriez compte que si ?!

Elle touchait et pinçait ses gants sans les hotter.

- Je ne porterais pas de gant si c'était le cas... lança t'elle, l'air réprobateur.
- Cela fait deux ans, essayez de regarder, je suis sûr que vous en avez envie, je vous ai vu toucher se fauteuil encore et encore ces deux derniers mois, essayant dans percevoir la texture.

Elle regardait son psy puis l'accoudoir à sa gauche.

- Enlevez au moins un gant, ce serait un grand pas en avant !

Elle releva la tête encore une fois vers son psy et regarda ses mains, les doigts de sa main gauche pinçaient ceux de la main droite, le gant commençait à s'enlever, puis elle s'arrêta...

- Allez-y vous y êtes presque, vous pouvez le faire. L'encouragea le psy.

Elle retira alors le gant d'un coup sec et regarda sa main, elle était blanche et fine les doigts étaient quant à eux plutôt longs.

- Je suis fier de vous, alors est-ce votre main ?

Elle regarda le psy et dit d'un air las.

- Je n'avais pas vraiment d'espoir... Et j'avais raison de pas en avoir...
- Comment ça ?
- Ce n'est toujours pas la mienne, c'est toujours la sienne, se sont toujours les siennes.
- Vous êtes sur ? Pour moi ces mains correspondent plutôt bien à la personne que vous êtes, à qui pourraient-elles être d'autre ?

Elle bondit du fauteuil et leva sa main droite à hauteur d'œil, elle la fit gesticuler devant le psy et dit de façon agressive.

- Parce que vous trouvez vraiment que ÇA me correspond ? Vous vous foutez de ma gueule ?

- Restez calmes, je vous prie, oui elles vous correspondent, elles sont comme vous, jolies.

Elle leva les yeux en secouant la tête et regarda son reflet dans la glace qui se trouvait dans un coin de la pièce. On y aperçut une jolie jeune femme asiatique.

- Je suis désolé, je pensais que vous étiez prêtes... s'enquit le psy.
- Vous êtes bouché surtout... Si je viens c'est parce que j'y suis obligée, mais je ne suis pas folle, ces mains ne sont juste pas les miennes.
- Elles ne sont à personne d'autre à pars à vous... répondit le psy, d'un ton catégorique !

Il regardait la main de la jeune femme, une jolie main très féminine d'un joli jaune cuivré.

La jeune femme fortement agacée remis son gant et persiflât.

- NON.

Elle s'approcha du miroir et si regarda,

- Vous connaissez le dicton « les yeux sont le miroir de l'âme » ?
- Oui, mais quel est le rapport ? Demanda le psy décontenancé.
- Il est là le rapport, dit-elle en effleurant le miroir.
- Vous ne voulez jamais voir vos mains car elles ne sont pas, selon vous, les vôtres mais passez vos séances à lancer des regards en direction du miroir…

Un silence pesant se fit dans la pièce, le psy semblait pensif.

- Vos mains sont-elles normales dans le miroir ? Demanda le psy.

La jeune femme se mit à rire.

- Le miroir est ma prison.

Elle se dirigea vers la porte en lançant un regard vide en direction du Psy :

- Merci, pour rien... Encore.

Puis elle claqua la porte. Le psy se leva et s'approcha du miroir, il le contempla longuement puis fit un pas en arrière surprit, son reflet pleurait.

3ème Verset : 1ère larme !

La jeune femme dormait, son sommeil semblait très troublé.

« **Tu nous appartiens...** »

La jeune femme voyait le reflet d'un jeune homme blond avec des lunettes dans l'eau d'un lac, il semblait la regarder.

- Pourquoi ? POURQUOIIIIIII ? Cria-t-elle.

Le reflet du jeune homme répondit.

- Parce que... tu m'appartiens.

Le jeune homme ferma les yeux, quelques larmes semblaient couler légèrement le long de ses joues, tout devînt noir.

La jeune femme se réveilla en sursaut, elle se précipita dans la salle de bain et se regarda dans le miroir, des larmes coulaient légèrement le long de ses joues.

- Lai... Laissez-moi... tranquille...

Le jeune homme blond apparu derrière elle, il était en costume noir, il regardait la jeune femme.

- Non... tu nous appartiens...

La jeune femme le vît dans le miroir, elle poussa un cri en se retournant mais il n'y avait personne.

1ère litanie :

D'une branche d'arbre, je m'y jette,
D'un muret, je la guette,
D'au-dessus, le vent m'emprisonne,
D'en-dessous, le soleil m'espionne,

Le choix n'est plus tiens, depuis longtemps,
Nous retrouver, il est enfin temps,

Au crépuscule, comme à l'aube,
Nous t'attendons,
Ton âme sage et probe,
Nous désirons,

Il est enfin temps,
Le choix n'est plus tiens,
Depuis déjà si longtemps,
Tu nous appartiens.

LES LARMES DE SANG

2EME PSAUME

1er Verset : 1ère larme de sang !

Je me tournais et me retournais, encore et encore dans mon sommeil, il me semblait faire un cauchemar.

- Tu nous appartiens... Viens nous retrouver, tu n'as pas le choix...

J'entendais une voix de femme qui répétait inlassablement les mêmes vers :

D'une branche d'arbre, je m'y jette,
D'un muret, je la guette,
D'au-dessus, le vent m'emprisonne,
D'en-dessous, le soleil m'espionne,

Le choix n'est plus tien, depuis longtemps,
Nous retrouver, il est enfin temps,

Au crépuscule, comme à l'aube,
Nous t'attendons,
Ton âme sage et probe,
Nous désirons,

Il est enfin temps,
Le choix n'est plus tien,
Depuis déjà si longtemps,
Tu nous appartiens.

Alors que je me réveillais en sursaut, sur un banc au milieu d'un parc, je vis quelques passant me regarder l'air amusés. Je regardais mes mains, puis en passa une dans mes cheveux blonds pour me recoiffer, mes yeux se fermèrent lentement puis s'ouvrit de nouveau, je regardais à nouveau mes mains.

- Encore ce même rêve étrange... me dis-je.
- Ce... rêve... en quoi est-il si étrange ? Me demanda une voix familière.

Je regardais autour de moi, le temps semblait ralentir.

- Pour ne plus faire le même rêve... « je fermais les yeux lentement » ...il est conseillé de le raconter, cela permet au cerveau de l'oublier. Vous, voulez bien me raconter votre rêve ?... « J'ouvris les yeux, mon psy se trouvait en face de moi » ...Jacques ?

Jacques regardait son psy dans les yeux, c'était un grand brun, des lunettes fichées sur le bout de son nez. Le psy jouait avec un stylo, un bloc note posé sur ses genoux. Jacques baissa la tête et regarda ses mains, il avait l'air anxieux, il regarda de nouveau le psy dans les yeux.

- Jacques ?

Le psy regardait, lui aussi, Jacques dans les yeux, il était petit, maigre, il portait lui aussi des lunettes et ses cheveux était blond foncé.

- Vous voulez bien me raconter votre rêve ? Cela vous fera du bien. Redemanda le psy.

Jacques remonta ses lunettes, ses mains tremblantes ne dissimulant point son anxiété, il regarda tour à tour le psy et ses mains, puis se décida à parler.

- Dans ce rêve, je suis toujours dans le noir... Peut-être suis-je aveugle ? Pensais-je au début..., mais... parfois..., je me vois à la troisième personne... Ce qui tout réfléchi et bien plus étrange et angoissant que de ne rien voir.
- Et quand vous, vous voyez vous êtes aussi dans le noir ?

- Oui, toujours. J'entends des voix, un homme, une femme, il me répète inlassablement la même chose. Mais les odeurs et les sensations son rarement les mêmes...
- Les odeurs ?
- Parfois, je sens une chaleur caresser mon visage, parfois c'est le froid qui m'enserre, je sens la neige mais d'autre fois la mer, plus rarement, j'ai l'impression d'être dans une cuisine, entouré d'odeurs qui m'ouvre l'appétit.
- Vous savez parfois les rêves représente nos désirs refoulés, vous avez surement envie de voyager, d'où les sensations diverses et variées que vous expérimentez dans vos rêves. Ce qui m'intrigue en l'occurrence se sont les voix autours de vous, que disent-elles ?

Jacques réfléchis quelques instants.

- L'homme me dit toujours « Tu nous appartiens... Viens nous retrouver, tu n'as pas le choix... », La femme, elle me récite une espèce de poème en partie incompréhensible, mais, la composante reste la même que ce que dit l'homme...

« Le choix n'est plus tiens, depuis longtemps,
Nous retrouver, il est enfin temps. »

- Votre esprit cherche manifestement à vous faire comprendre quelque chose, des personnes oubliés, ou, une promesse faite il y a longtemps, mais qui sont restés gravés en vous et votre subconscient essai de vous en faire prendre conscience.

Jacques eu un petit rictus nerveux

- Mon esprit s'y prend vachement mal alors, ça ne fait que me perturber davantage.

- Les mystères du cerveau humain... Votre esprit ne fait que vous donnez les outils, mais c'est à vous de comprendre ce qu'il essaie de vous dire. Par exemple le poème, il est surement la pièce maitresse, s'il devient clair pour vous peut-être que tout le reste se démêlera et prendra enfin sens.
- Si vous le dites... Répondit Jacques sans conviction.

2ème Verset : 2ème larme de sang !

Jacques marchait au bord d'un lac, certains passant couraient ou faisaient du vélo à côté de lui. Il s'arrêta et regarda le lac, il s'en approcha et s'assit en tailleur au bord du lac, le regard perdu dans celui-ci. Le temps passait autour de lui mais il restait là imperceptible et pensif.

Il repensait aux paroles de son psy :

- Le poème, est surement la pièce maitresse, s'il devient clair pour vous peut-être que tout le reste se démêlera et prendra enfin sens.

Jacques ferma les yeux.

Il entendit la voix d'une femme qui récitait encore le poème.

Christophe Lambert

LE LAC DES DAMNES

D'une branche d'arbre, je m'y jette,
D'un muret, je la guette,
D'au-dessus, le vent m'emprisonne,
D'en-dessous, le soleil m'espionne,

Le choix n'est plus tiens, depuis longtemps,
Nous retrouver, il est enfin temps,

Au crépuscule, comme à l'aube,
Nous t'attendons,
Ton âme sage et probe,
Nous désirons,

Il est enfin temps,
Le choix n'est plus tiens,
Depuis déjà si longtemps,
Tu nous appartiens.

Autour de lui la lumière décroissait rapidement faisant place au crépuscule, avec lui le lac s'assombrissait, le vent commençait à se déchainer, Jacques ouvrit les yeux et regardait son reflet dans l'eau du lac avec effroi, il pleurait des larmes de sang. Le lac se teintait à la couleur des larmes, Jacques bouche bée restait là s'en rien pouvoir faire, il venait enfin de comprendre le poème...

- Qu'elle ironie, alors que j'ai enfin compris...

Une forme noirâtre se créait à la surface du lac et la voix féminine résonna.

- Tu as compris c'est très bien, il était temps !

Dans un souffle Jacques se fît happer par la forme sinistre, il sembla disparaître en fumée dans les méandres du lac.
La voix féminine dit.

- Tu es l'élu, grâce à toi, nous sortirons enfin de ce lac. Si tu as compris, tu sais ce qu'il te reste à faire ?
- Oui ! Répondit Jacques. Je dois trouver le réceptacle, je dois LA trouver. Je me suis senti enfermé toute ma vie mais maintenant que mon âme est prise au piège de ces eaux, je me sens libre comme jamais. Je ressens l'air au-dessus de nous, je sens les feuilles des arbres tomber, je sens les pas qui foulent la terre... je la sens ELLE qui se rapproche inexorablement...

La litanie de Jacques :

Je n'ai plus de doute,
Je n'ai plus peur,

Il est de mon devoir de t'attirer,
Il est de mon devoir de t'accaparer,

Et quand enfin tu seras mienne,
Et quand enfin tu seras notre,

Tu seras le vaisseau de notre volonté,
Tu seras le vaisseau de notre haine,

Et par toi, se déversera alors enfin sur terre, l'enfer...

LES LARMES DE L'INNOCENCE

PSAUME FINAL

Dernier sourire

Une jolie jeune femme japonaise dormait tranquillement, la tête posée sur un volant de voiture. Cela devait être fort inconfortable, pourtant la jeune femme dormait à points fermés.
Les cloches de l'église la réveillèrent en sursaut, elle ajusta ses lunettes et regarda son rétroviseur intérieur.
Elle caressa ses jolis cheveux noirs, ferma les yeux et respira un grand coup.

- C'est le grand jour, se dit-elle. C'est le grand jour et je n'ai pas trouvé mieux que de m'endormir dans ma voiture... J'ai dormi combien de temps d'ailleurs ?

Pris d'un moment de panique, elle regarda l'heure sur l'écran du véhicule.

- 8h ? Je n'ai dormi que 10 minutes, tout va bien.

Elle mit le contact jeta un dernier coup d'œil à l'aqueduc et sortie du parking.

- Non mais tu as vu l'heure Yoko ? Une jeune femme rousse le teint rouge de colère s'avançait d'un pas vif vers elle.
- Désolé Méli, mais bon je suis quand même à l'heure, c'est le principal. Dit-elle avec un grand sourire en levant les pouces en l'air.
- Encore heureux... Tu es une jeune femme d'affaire mais parfois tu agis encore comme une gamine...

Yoko rit nerveusement, certes elle était une femme d'affaire ; redoutable même selon certains ; mais elle n'avait que 22 ans, toute femme d'affaire qu'elle était, elle aimait également se prélasser devant un jeu vidéo ou lire un bon manga.

Contre l'avis de tous, elle avait entrepris de faire rénover l'aqueduc romain proche de son village. Bien qu'encore magnifique l'édifice avait perdu de sa splendeur et le maire du village s'en désintéressait totalement. Mais Yoko adorait cet endroit, chaque pierre était un vestige oublié de leur passé et elle estimait qu'il était de leur devoir de faire perdurer la mémoire de leurs ancêtres. Son projet était cependant très ambitieux, elle voulait faire restaurer 5 km d'aqueduc, et créer un parc naturel autour du lac qui bordait l'aqueduc. Elle souhaitait également recréer un village romain en contrebas du lac qui serait certes touristique mais surtout authentique, elle entendait par là, fait avec les outils de l'époque.

Elle avait trouvé nombres d'âmes qui désiraient participer à l'aventure avec elle, ce qui lui manquait c'était l'argent, ne trouvant que peux d'investisseur Français voulant s'y risquer. Étant d'origine japonaise, elle s'était servie de ses contacts pour obtenir d'une grande société qu'il daigne s'intéresser à son projet et cela avait eu l'effet escompté puisqu'une délégation avait fait le trajet depuis Tokyo pour venir juger sur place de son projet…

*

- KAMPAI, crièrent en cœur Yoko, Méli et une douzaine d'autres personnes.
- Tu es vraiment redoutable Yoko, quand je pense qu'ils vont financer tout ton projet. Franchement, je te tire mon chapeau.
- A t'entendre on pourrait croire que tu avais des doutes ?!
- Non pas du tout, répondit Méli en rougissant. Même si tu as bien failli arriver en retard ce

matin... D'ailleurs comment cela se fait-il ? Demanda-t-elle un peu suspicieuse.

- Je me suis arrêtée sur le petit parking en face de l'aqueduc, tu sais celui d'où on voit le lac ?! Et... Elle s'arrêta en repensant à la main qu'elle avait aperçu, elle se demandait si elle s'était endormie avant ou après.
- Et ? La pressa Méli.
- Et... je me suis endormie... j'avais passé la nuit sur mon pitch et j'ai voulu me rebooster en m'imprégnant de la force des pierres mais la fatigue ma rattrapée, heureusement que la cloche de l'église ma tirée de mon sommeil.
- Quand tu parles de l'aqueduc on a l'impression que tu lui prête une conscience propre !
- Dans un sens tu n'as pas tors Méli, cet édifice a une histoire forte, je la ressens au fond de moi, c'est comme si chaque pierre était une âme et que le lac en était leurs essences. Ce lieu m'appelle depuis la première fois que j'ai posé les yeux dessus.

Yoko serra Méli dans ses bras et fît un signe d'au revoir à tous les autres. Elle grimpa dans sa voiture et partie. Le crépuscule l'accompagnant, elle alla se garer sur le parking délabré et sortie du véhicule. Elle marchait le long de l'aqueduc, tandis que la lumière se raréfiait et que le vent se faisait de plus en plus violent, elle s'approchait tranquillement du lac quand elle l'aperçût, elle se figeât sur place, horrifiée par ce spectacle surnaturel.

Un homme blond se tenait debout devant le lac, il pleurait du sang et riait en même temps, il levait les mains en l'air comme s'il recevait un cadeau, puis fut absorbé par une forme noirâtre. Yoko était figée par la peur et la stupéfaction.

- Je dois rêver, se disait-elle. Personne ne peut disparaître comme ça d'un coup ! Se rassurait-elle.

Le vent était déchainé, des nuages noirs s'amassaient au-dessus du lac et une ritournelle sinistre semblait provenir des eaux sombres du lac.

La litanie de Jacques :

Je n'ai plus de doute,
Je n'ai plus peur,

Il est de mon devoir de t'attirer,
Il est de mon devoir de t'accaparer,

Et quand enfin tu seras mienne,
Et quand enfin tu seras notre,

Tu seras le vaisseau de notre volonté,
Tu seras le vaisseau de notre haine,

Et par toi, se déversera alors enfin sur terre, l'enfer...

Yoko aurait voulu crier, pleurer et s'enfuir mais elle semblait clouée au sol. Pire même, elle s'approchait inexorablement du lac. Elle réfléchissait à toute vitesse, regardant autour d'elle, s'il y avait quelques choses à quoi s'agripper mais rien, rien de rien, juste ce vent étrange qui la poussait inlassablement et ces voix qui résonnaient en elle de plus en plus fort.

« **Tu nous appartiens...** »

Une voix plus forte que les autres ricanait et chantait.

La litanie finale de Jacques :

Accepte la bénédiction comme je l'ai fait,
Débarrasse-toi de tes tourments,

Il était de mon devoir de t'attirer,
Il était de mon devoir de t'accaparer,

Enfin tu es mienne,
Enfin tu es notre,

J'étais l'élu qui t'étais destinée,
Tu étais le réceptacle qui nous étais destinées,

Tu es le vaisseau de notre volonté,
Tu es le vaisseau de notre haine,

Et maintenant, par toi, enfin, va se déverser l'enfer sur
terre...

Le vent s'arrêta et les eaux tumultueuses du lac se calmèrent. Une main sortie de l'eau et s'agrippa péniblement à la terre, après plusieurs interminables secondes Yoko sortie enfin de l'eau. Grelotant et pleurant, elle regarda son reflet dans le lac, un rayon de lune éclairant celui-ci. Il était maintenant si paisible, l'eau claire et calme reflétait parfaitement Yoko, qui était effrayée par ce qu'elle voyait,

derrière elle se trouvait un demi-millier de personnes qui riaient aux éclats. Quand elle se retourna, elle était cependant seule.
Trempée et abattue, elle courue en toute hâte vers sa voiture, priant pour que tout cela ne soit qu'un horrible cauchemar. Une fois qu'elle fut placée sur son siège et que le moteur fut démarré, elle posa les mains sur le volant, Yoko parut une fois de plus totalement horrifiée ses mains, pourquoi ses mains étaient-t-elles si blanche, pourquoi ses mains étaient-t-elles celles d'un homme ? Elle regarda les mains dans le miroir du rétroviseur et vue les siennes, mais quand elle se regardait directement elle ne voyait plus ses mains. C'était les siennes, celles de l'homme blond happé par le lac juste avant elle. Elle se regarda dans son rétroviseur et vit l'homme blond assis derrière elle, souriant. Elle brisa le miroir du rétroviseur d'un coup de poing.

1er Verset : 1ère larme, 1ère nuit !

La jeune femme dormait, son sommeil semblait très troublé.

« **Tu nous appartiens...** »

La jeune femme voyait toujours le reflet du jeune homme blond aux lunettes.

- Pourquoi ? POURQUOIIIIIII ? Cria-t-elle.

Le reflet du jeune homme répondit.

- Parce que... tu m'appartiens.

Le jeune homme ferma les yeux, quelques larmes semblaient couler légèrement le long de ses joues, tout devînt noir.

La jeune femme se réveilla en sursaut, elle se précipita dans la salle de bain et se regarda dans le miroir, des larmes coulaient légèrement le long de ses joues.

- Lai... Laissez-moi... tranquille...

Le jeune homme blond apparu derrière elle, il était en costume noir, il regardait la jeune femme.

- Non... tu nous appartiens...

La jeune femme le vît dans le miroir, elle poussa un cri en se retournant mais il n'y avait personne.

2ème Verset : 2ème larme, 730ème nuit !

Yoko se leva péniblement, se traina dans la salle de bain et se passa de l'eau sur le visage, l'homme blond la regardait dans le miroir.

- Jacques laisse-moi tranquille, dit-elle d'un ton las. Aujourd'hui cela fait deux ans, pourquoi tu ne me laisse pas tranquille ? Les autres se font plus discret, fait donc comme eux.
- Ils sont discrets car je suis l'élu, c'est normal, tu le sais bien. Dit-il tout naturellement.
- Quand je me regarde sans miroir ce n'est déjà plus moi que je vois mais toi, mon âme t'appartient, alors laisse-moi au moins tranquille quand je me regarde dans le miroir... par pitié... dit-elle dépitée.
- Pour une fois je vais daigner accepter à une de tes requêtes si tu réponds à ma question !
- Laquelle ?
- Pourquoi tu vas voir un psy au juste ? Tu savais que c'était le miens avant d'ailleurs !?
- Pour faire plaisir à Méli, mon amie, la seule qui reste à mes coté malgré tout, je lui dois bien ça.

D'ailleurs j'ai rendez-vous aujourd'hui... Tu me laisse tranquille ?

- Oui, fit Jacques.
- Merci, répondit laconiquement Yoko.
- Profite bien de ta journée, dit-il en disparaissant, c'est ta dernière.

Jacques ricanait d'une façon des plus macabre.

3ème Verset : 3ème larme, dernière nuit !

Il faisait nuit, Yoko pleurait devant son miroir, des larmes de sang coulaient le long de ses joues, derrière elle se trouvait un demi-millier de personne.

- Notre vaisseau est prêt ? Demanda l'une d'elle.
- Il semblerait, dit une autre.
- Il est temps, déversons notre haine sur ce monde, cela fait des milliers d'années qu'on attend.
- Oui, interrompit Jacques, elle est prête, son âme est brisée et sans mon ancien psy, nous n'y serions peut-être pas arrivés aussi vite. Dit-il en ricanant.
- J'avoue que d'arriver à te faire passer pour Méli dans ses rêves pour incrémenter cette idée dans sa tête était un coup de maitre. Mais comment savais-tu que cela accélérerait le processus ?
- Un pressentiment, il a un don pour poser les... bonnes questions... ou appuyer là où ça fait mal pourrait-on dire.

Une boule de lumière flottait parmi eux, Jacques la prit dans le creux de la main.

- On s'accroche, Yoko ? Mais c'est peine perdue.

Jacques écrasa la boule de lumière entre ses mains. Yoko n'était maintenant qu'une coquille vide, un vaisseau qu'un demi-millier de personnes pourraient maintenant contrôler à leurs guises.

- Pour... pourquoi... moi ? La dernière question de Yoko résonna aux travers de toutes les âmes qui habitaient son corps.

Jacques riait aux éclats.

- Je me suis senti différent toute ma vie, j'entendais des voix mais j'y été sourd, je me disais que j'étais inutiles. Puis vint le jour où je ne fis qu'un avec le lac et là tout devint clair. Je suis l'élu, je suis la réincarnation de dieu, et je suis en colère, nous... somme en colère. Vous êtes mes créations, ma responsabilité.

Jacques marchait parmi les demi-milliers d'autres âmes qui s'agenouillaient à son passage.

- Tu n'as eu de cesse de demander pourquoi toi ? Mais tu ne t'es jamais demandé pourquoi tu as été tant attirée par ce lac, celui-là même qui te fit traverser la mer pour venir te perdre dans un petit village de France ? Tu n'as jamais eu conscience que tu avais un pouvoir faramineux ? Tu ne t'es même jamais rendu compte que tu étais la réincarnation d'une puissante sorcière ? Celle-là même qui a massacrés et emprisonnés l'âmes de millier d'innocents dans ce lac pour accroitre son pouvoir magique. Ahahah quelle logique implacable que ça descendante soit notre salvatrice.

Le corps de Yoko dont on voyait faire les cent pas devant le miroir s'arrêta en fasse de celui-ci. Ses yeux regardèrent droit devant, une lueur disparue et le noir injectait désormais les yeux de Yoko.

Jacques dit avec la voix de Yoko.

- Enfin nous avons le contrôle total. Il est temps de faire pleuvoir notre haine vengeresse, grâce aux pouvoirs infinis que recèle ce corps, je vais rectifier mes erreurs !

Verset Final : 3ème larme, dernier jour !

Nous nous réveillâmes difficilement, après de longues minutes et nous levâmes enfin, on pouvait voir face à nous une télévision et une table basse avec un téléphone, une main qui semblait difforme se tendit vers celui-ci et regarda l'heure. Nous nous précipitâmes sur la porte, notre main attrapant la poignée, la porte s'ouvrit, nous sortîmes et refermâmes vite derrière nous, dévalant les escaliers quatre à quatre et ouvrant la grande porte bleue qui se trouvait devant nous, de l'autre côté le soleil nous éblouîmes.

- Il est enfin temps ! Cria Jacques, Dieu est revenu et avec mes apôtres nous allons éradiquer ce monde corrompu…

Epilogue

L'église de Chalpôt sonna ses trois coups habituels, des voitures passaient, des gens couraient, faisaient du vélo ou promenaient leurs chiens.

A l'horizon se profilaient les aqueducs, vestiges d'un temps révolu, en contre bas le lac était inondé de lumière, bordé par une centaine de personnes.

Les gens affluaient, des quatre coins du monde, attirés pour venir se recueillir au bord de ce lac si longtemps oublié. Ils priaient et pleuraient, leurs larmes se mêlant aux eaux du lac qui se parait d'un magnifique drap doré. Les heures, puis les jours s'égrenèrent, les gens continuaient d'affluer, le drap azuré qui recouvrait le lac étincelait d'or. A mesure que le temps s'écoulait et que les prières s'intensifiaient, le drap prenait la forme d'une boule de lumière qui irradiait les alentours tel un phare en pleine nuit.

1 an plus tard…

Le vent souffla à travers les pierres de l'aqueduc, les eaux paisibles du lac se mirent à chanter en écho aux prières des millier de personnes présentes.

La litanie de la vie :

Tu nous appel, nous venons,
On se perd, nous revenons.

Le sol se dérobent, le ciel s'obscurcit,
D'abord vain la panique, puis l'abnégation,
Nos âmes sont jugées, nous l'acceptons,
Nos corps s'envolent, notre cœur se durcit.

Après le tumulte du chaos, le silence se fit,
Las et apathique, vain enfin ton allocution,
Nos actes sont évalués, nous l'attendons,
Nous imaginions divers scénarios, en aucun cas celui-ci,

La boule de lumière explosa, laissant place à une magnifique femme.

Les voix reprirent en cœur :

- Dieu a semé le chaos car nous l'avions mérité, nous ne pensions pas être digne de votre miséricorde !

La femme descendit avec grâce pour se tenir debout sur l'eau, ses cheveux était d'un sublime noir de jais, elle était d'une beauté sans pareille, sa chevelure enveloppant son corps. Elle regardait autour d'elle avec bienveillance puis s'exprima.

- Vos souffrances sont les miennes, ce qui est arrivé est à cause de mon ancêtre, j'ai vécu parmi vous dans l'ignorance et dieu s'est servi de moi comme d'un vaisseau. Il a broyé mon âme et j'ai souffert mille vies, mais grâce à vous, j'ai retrouvé mon chemin. Et je ne laisserais pas dieu détruire la vie qu'il a créée juste parce qu'il est contrarié.

Les murmures allaient bon train, on entendait des mots comme « miséricorde » ou encore « déesse ».

La femme reprit :

- Je vous remercie d'avoir répondu à mon appel, ma détresse, aussi faible fut elle au début, vous n'avez eu de cesse de venir. Il ma fallut 1 an pour me restaurer et c'est entièrement grâce à vous…

Pour répondre à vos interrogations,

Oui ! Je suis Yokoshima, déesse de la miséricorde.

FIN…

…Ou recommencement ?

En un an bien des choses se sont passées et bien que la déesse soit de nouveau parmi nous, Dieu et ses apôtres ont eu tout loisir à semer la destruction sur leurs passages.

Si Yokoshima a pu renaitre grâce aux prières d'un peuple en quête de solution rédemptrice, Dieu lui, est toujours parmi eux.

La bataille finale ne faisait que commencer… et ne pris fin qu'après plusieurs siècles.

1000 ans plus tard…

Christophe Lambert

LE LAC DES DAMNES

Par-delà les montagnes qui virent mes derniers jours,
Mon soupir final emporté par le vent,
Traverse, pleines, mers et océans.

Après plusieurs décennies, d'un voyage sans fin,
Quand je croyais l'humanité à son terme,
Je la vis esseulée, abandonnée,

La brise infinie caressa son pelage,
Alors que mon éternel soupir, trouvait un nouveau ramage,
Je m'enracinais, mettant un terme à mon long pèlerinage,

Les nutriments du sol me permirent de croitre rapidement,
Protégeant la pauvre bête souffrante, de mon feuillage,
Nombreuses furent les fois,
Ou je crus sa dernière heure arrivée,

De mes feuilles surgirent des fruits,
Dont la bête put se nourrir,
Du sol naquit de l'eau dont elle put s'abreuver,

Aussi longue et douloureuses que furent les années,
Qui permirent à la bête de se soigner,
En mon sein à jamais, elle s'était terrée,

Alors que les siècles passaient,
Je grandissais,
Majestueux et centenaire,
J'étais bien entouré.

Quelle était donc cette bête,
Qui était maintenant pleine de fougue,
Et dont le temps ne s'emblait point avoir d'emprise sur elle,

Comme si elle m'avait compris, la bête me regarda,
Elle posa une patte sur l'une de mes branches,
Et je l'entendis alors,

Merci mon vieil ami,
De m'avoir redonné vie,
Alors qu'en moi,
Tout espoir s'était tari

Ton soupir millénaire a pris racine,
Pour devenir Yggdrasil,
Moi Amaterasu, suis à jamais ta débitrice,

Ensemble nous allons pouvoir faire renaitre ce monde,
Car à toute fin, malheureuse ou bien heureuse,
Succède un recommencement !

Conclusion

Pourquoi foulons nous cette terre ? Pourquoi vivons-nous ? Pourquoi tout doit-il finir ?

Tirons-nous un enseignement du passé, ou somme nous justes spectateurs ?

Quand je pense à la mort cela m'effraie, l'angoisse m'assaille, me tenaille…

Mais… et si… l'éternité était possible ? Cela ne serait-il pas tout aussi effrayant ? Quand j'y pense, cela me tétanise également, dans une moindre mesure bien entendu !

A choisir cependant, je préfère encore l'éternité car alors le choix s'offrirait enfin à moi et je ne ferais plus face à la fatalité.

Je me plais également à penser que la fin n'est qu'un début et si tel est le cas, alors j'espère retrouver tous les êtres qui me sont chers !

Printed by Books on Demand GmbH, Norderstedt / Germany